Les trottoirs de Dakar

Cet ouvrage est édité avec le soutien de la Mission Française de Coopération et d'Action Culturelle au Sénégal, Ministère Français de la Coopération.

ISBN : 2-909571-09-2
© Editions Revue Noire
8 rue Cels, 75014 Paris
Tel : 33-01-43 20 28 14
Fax : 33-01-43 22 92 60
Paris, octobre 1994

Bouna Medoune Seye

Les trottoirs de Dakar

Éditions
REVUE
NOIRE

Les trottoirs de Dakar   *7*
Jean Loup Pivin

Bouna Medoune Seye   *13*
51 photographies

Les trottoirs de Dakar

Après les fumées et les alcools, les musiques et les pénombres, il s'assied sur le sol de la nuit fraîche, sur quelque vestige de trottoir, au milieu d'un océan de poussière collée à la terre et au sable. Les yeux n'arrivent plus à rester ouverts, la tête bascule, il s'allonge doucement et dort vraiment. Le lendemain, les poches vides, les pieds nus, le soleil caressant, les yeux s'ouvrent sur les jambes défilantes des passants indifférents. Il lui reste son pantalon. Quel pantalon ? Et le désir d'oublier ce que les enfants amusés lui rappellent. Psalmodie. Il s'habitue à devenir un autre que les autres reconnaissent comme un autre pas comme les autres. Dedans, dehors. Les milliers de formes émergentes des trottoirs de poussière, les groupes aux carcasses d'acier hurlantes sur le bitume, les femmes soyeuses des cotons imprimés, les flingues et les matraques cuissées des flics, les bras gourmettés d'or, les cravatés d'un jour, défilent à la hauteur du trottoir. Un jour, ne plus avoir envie d'avoir raison, contre la folie des autres ou d'avoir raison seul sans autre souci de n'avoir plus à se convaincre soi-même.

Soi avec soi, dans un monde dérangé, démangé de son ordre disparu. Les propriétaires sans titre des trottoirs rappellent en permanence à l'ordre de la folie de la ville que la ville n'est qu'un trottoir sans autre dedans, sans autre pouvoir, sans autre fermeture. Rien à y faire, rien à y dire sinon fabriquer des déchets et des pièces de monnaie pour que les trottoirs restent vivants. Devenir l'homme immarquable à la mémoire de l'autre, à qui l'on donne une pièce qui doit être vite extraite de la poche ou du sac ou qui ne sera jamais donnée, car on ne fait que passer devant la folie. Les poubelles sont vides à Dakar, pourtant elles sont pleines de toutes les pourritures laissées par la dernière conscience de misère. Il y a toujours un reste au reste dans la ville. Le déchet du déchet. Le fou du fou. Par légions entières, ils transforment la poussière des trottoirs en humanité vivante. Pas de résurrection, pas de génération spontanée, ils appartiennent aux trottoirs comme la dernière île de bitume sur la chaussée de poussière. Sans eux, la ville serait au seul béton que les vents habiteraient, renvoyant en écho notre possession d'un dedans sûr et protégé contre les invasions désormais imaginaires d'une folie absente du dehors, sur le pas de la porte. Heureusement, elle est là comme un exorcisme permanent à sa propre déchéance, avec les yeux rougis, habillée de symboles loqueteux sur une nudité que le sexe rend présente. Les incantations de hasard jetées sur la raison, comme un maléfice, ne s'écoutent pas mais s'entendent malgré soi. Elles apparaissent comme des blessures qui ne saignent pas mais enflent, purulentes, pour éclater un jour de grand vent. L'intérieur devient alors un extérieur que les gestes désincarnés d'une police de fortune conduisent. L'être disloqué se reconstruit alors sur les formes inconnues et fragiles qu'un au-delà dirige. Les fous de Dieu, les fous des fumées divines, les fous d'amour perdu, les fous d'un ordre à ne jamais naître, sont là.

Regarder la folie et entrer dans son regard, ses gestes et petit à petit les épouser. Les photos ne prennent pas, elles partagent un instant un regard qui devient le nôtre. Nous ne risquons rien, ce n'est que du papier. Nous risquons tout, c'est du papier. Cinquante photographies, le regard de Bouna Medoune Seye pendant cinq ans à Dakar.

Jean Loup Pivin

Bouna Medoune Seye

Bouna Medoune Seye est né à Dakar en 1956. Il fait des études en France, à Marseille, puis retourne s'installer à Dakar où, avec Djibril Sy, Moussa Mbaye, Boubacar Touré, il cherche à affirmer une photographie artistique africaine. Dans les années 1980, ses premières expositions au Musée Naval de Gorée, à la Galerie 39 du Centre Culturel Français de Dakar et à la Galerie Polychrome de Saint-Louis du Sénégal, affirment la forte personnalité de son œuvre.

Il réalise de nombreux reportages cherchant à montrer la réalité urbaine de son pays : une certaine idée de la modernité, pour des publications sénégalaises (Plume) et des magazines étrangers (Télérama, Revue Noire).

En 1992, il est commissaire, avec Bertrand Hosti, du Mois de la Photographie de Dakar, où il fait découvrir Mama Casset, un précurseur de la photographie sénégalaise. Exposition au Centre Culturel Français de Dakar et au Centre Wallonie-Bruxelles de Paris (exposition Revue Noire).

En 1993, il réalise une exposition-installation de photographies sur les indiens du Canada, à la galerie La Chambre Blanche, au Québec.

Il tourne, en 1994, son premier film court-métrage, « Bandit Cinéma », et s'oriente vers la réalisation cinématographique.

Bouna Medoune Seye

Les trottoirs de Dakar
51 photographies

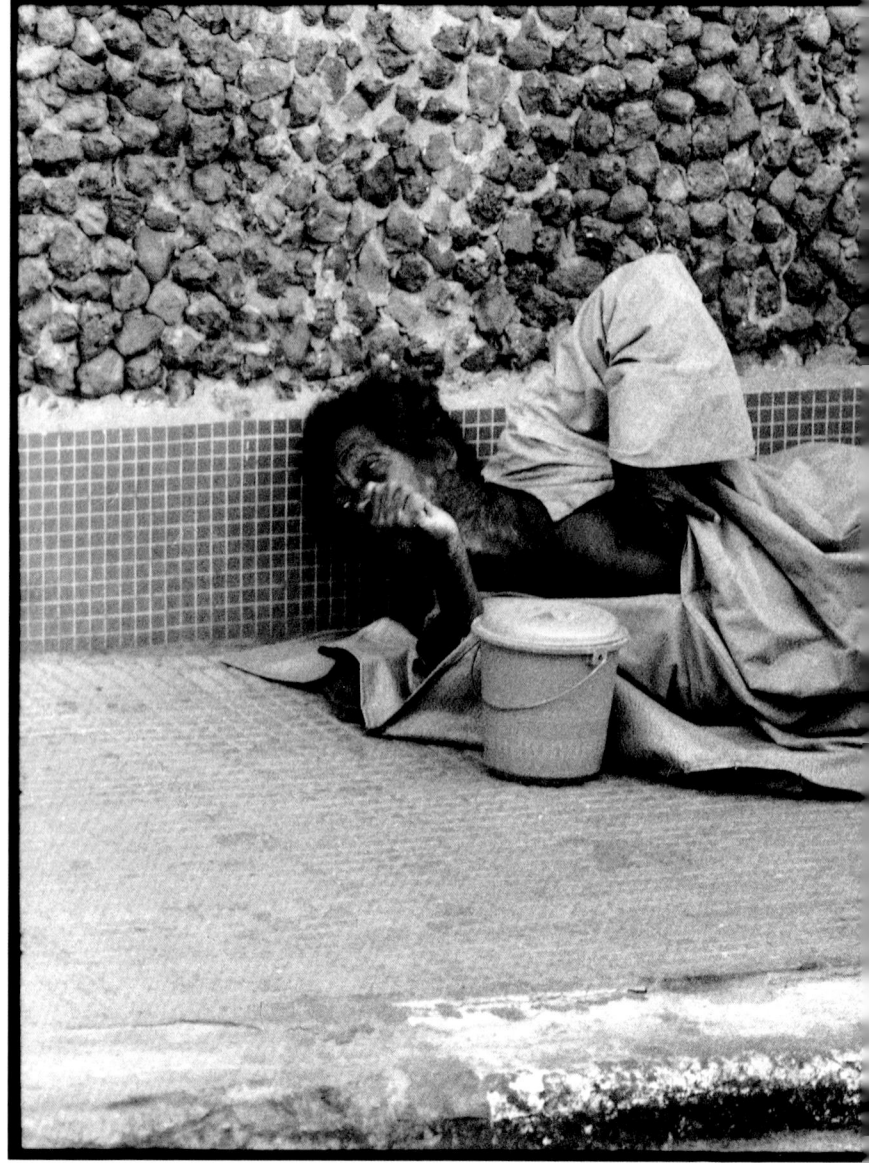

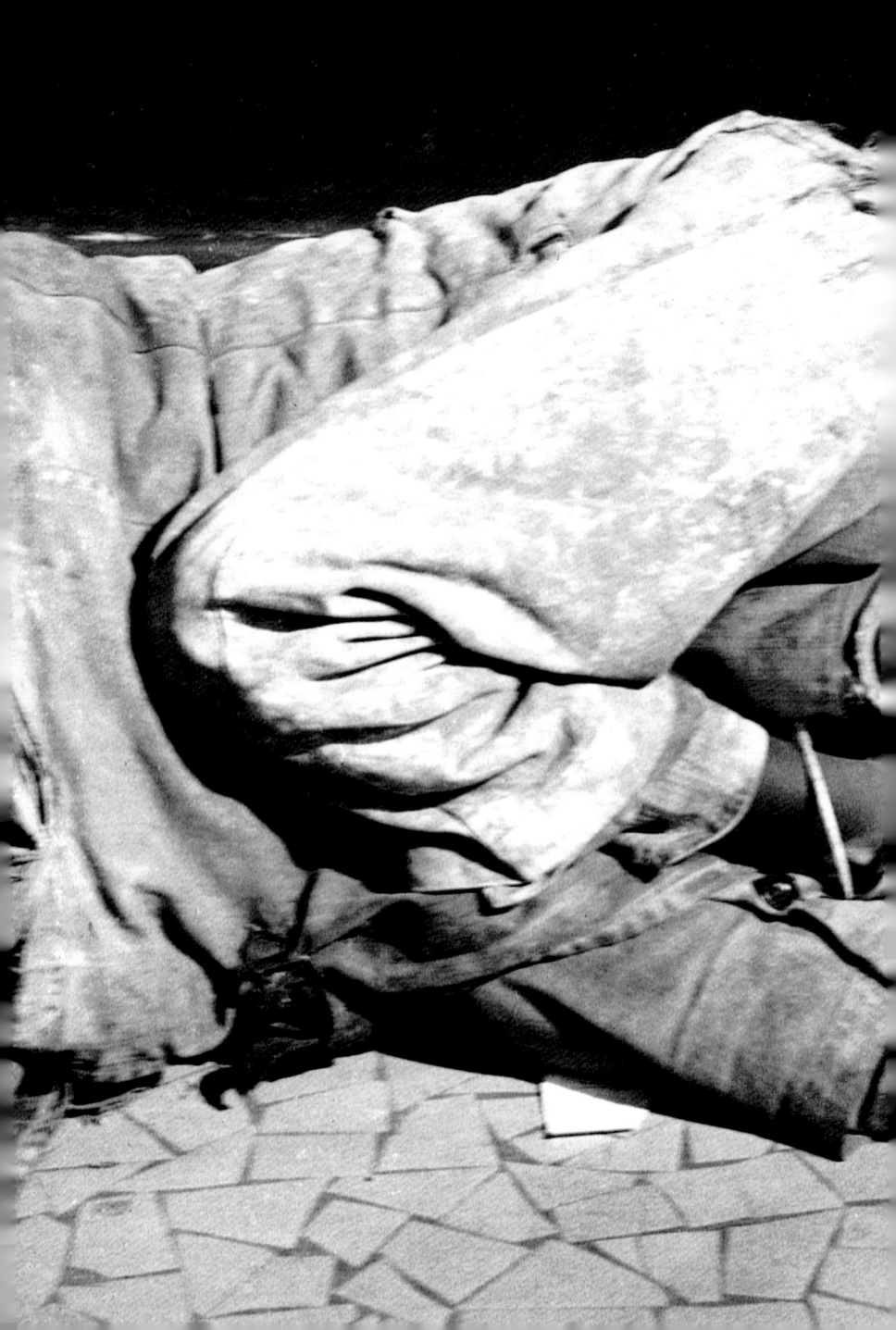

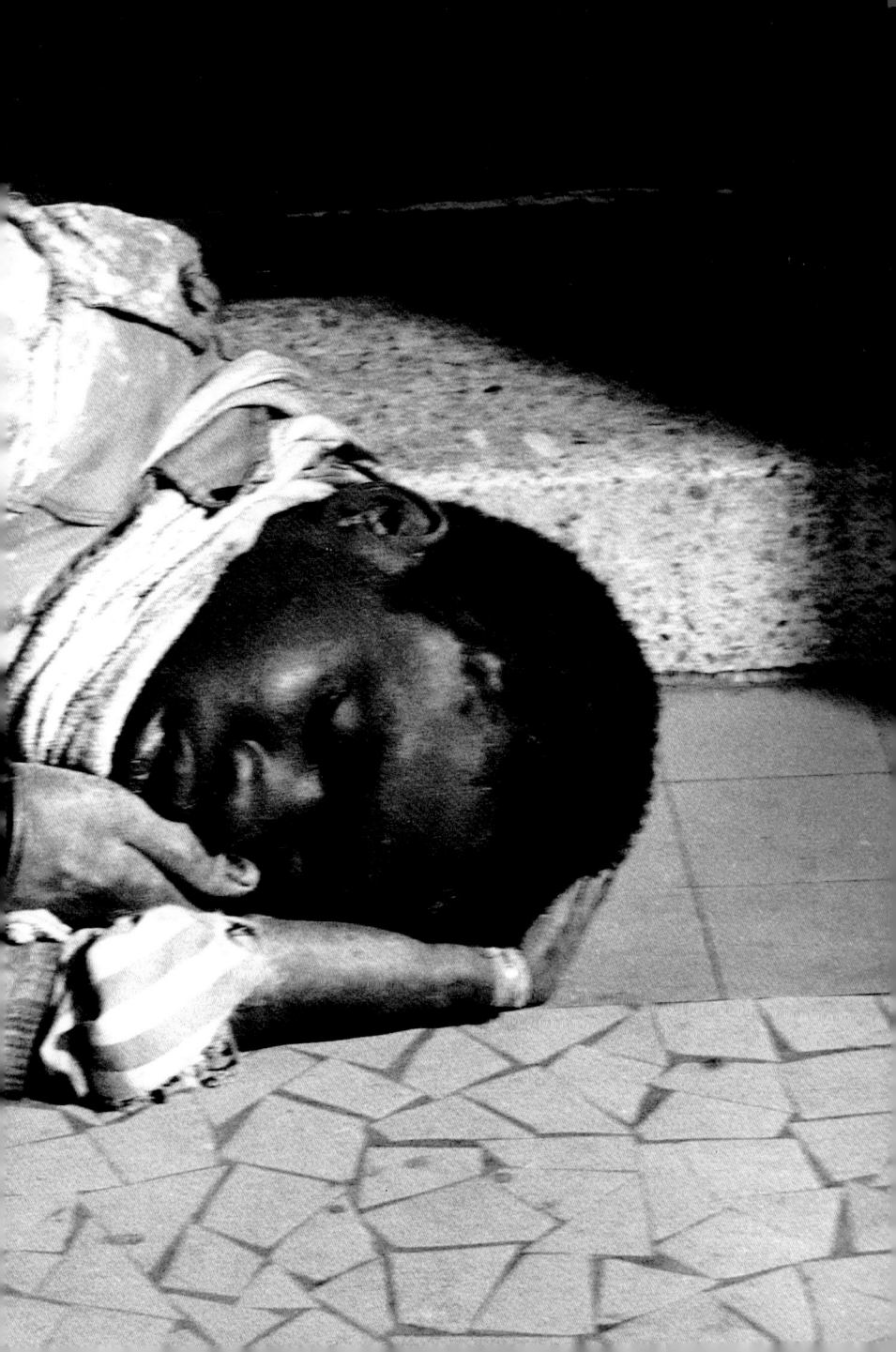

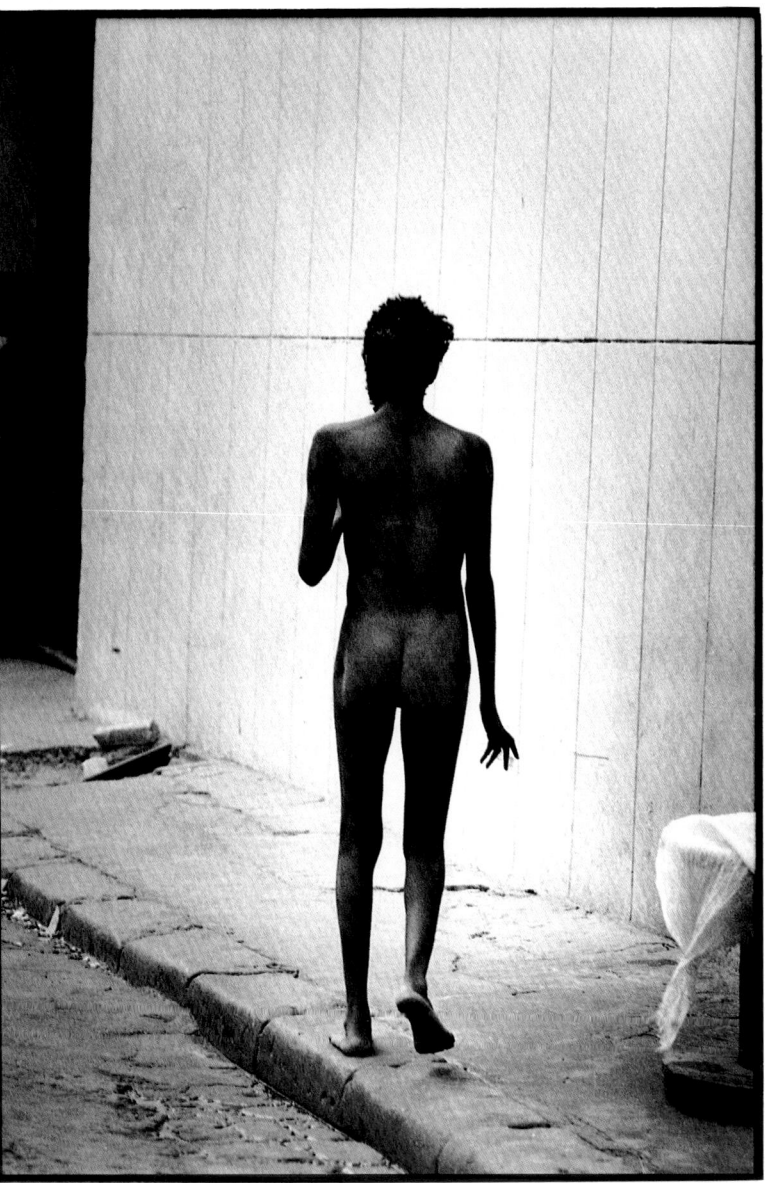

Les trottoirs de Dakar
Bouna Medoune Seye

ISBN : 2-909571-09-2
Dépôt légal : Paris, octobre 1994

EDITIONS REVUE NOIRE
8 rue Cels, 75014 Paris
Tél : 33-01-43 20 28 14
Fax : 33-01-43 22 92 60

Cet ouvrage est édité avec le soutien de la Mission Française de Coopération et d'Action Culturelle au Sénégal, Ministère Français de la Coopération.

Direction artistique : Pascal Martin Saint Léon
Maquette : Florent Hugoniot

Les tirages des 51 photographies de Bouna Medoune Seye ont été réalisés par Ricardo Moreno
Laboratoire Black White, Paris XXe

Couverture : photographie de Bouna Medoune Seye

Imprimerie
Albagraf, Roma, Italia